Onderdanige Secretaresse (Interraciaal)

Overheersing en erotische onderwerping

Erika Sanders

Onderdanige Secretaresse
(Interraciaal)

Erika Sanders
Serie
Overheersing en erotische onderwerping

Korte inhoud

Gloria is een jonge brunette die dringend op zoek is naar een baan zodat ze het huis van haar ouders kan verlaten en kan betalen wat ze nodig heeft.

De heer Anderson is op zoek naar een secretaris die voldoet aan zijn unieke en veeleisende eisen.

Zal Gloria in staat zijn om de vereisten van dhr. Anderson te accepteren en een goede secretaris te zijn...?

Onderdanige Secretaresse is een roman met een sterk erotisch BDSM-gehalte en, op zijn beurt, een nieuwe roman die behoort tot de collectie Domination and erotic submission, een serie romans met een hoog romantisch en erotisch BDSM-gehalte.

(Alle personages zijn 18 jaar of ouder)

Opmerking over de auteur:

Erika Sanders is een bekende internationale schrijfster, vertaald in meer dan twintig talen, die haar meest erotische geschriften, ver van haar gebruikelijke proza, ondertekent met haar meisjesnaam.

Inhoudsopgave:

ONDERDANIGE SECRETARESSE
(INTERRACIALE DOMINATIE)
ERIKA SANDERS

HOOFDSTUK 1

Het was opwindend om de jonge zwarte aspirant-secretaresse voor mijn bureau te zien zitten, vooral wetende wat ik over haar wist.

De kleren die ze droeg, waren van goedkoop polyester uit een van die discountwinkels.

Het was hetzelfde als tijdens zijn eerste sollicitatiegesprek, behalve dat hij een ander overhemd had.

Ze had een mooi stel tieten en ze zag er heel lief, heel onschuldig uit.

Ze zat ingetogen in kleermakerszit, haar knokkels donker, maar ietwat witachtig, te zien aan haar gevouwen handen en haar voet die zenuwachtig slingerde.

Elke keer dat ze haar handen spreidde, was het om een losse piercing in te brengen die nooit achter haar oor leek te blijven zitten.

Hij keek rond in mijn kantoor alsof hij alles in zich wilde opnemen, maar hij stopte zelden om me in de ogen te kijken.

Ik was duidelijk zenuwachtig.

En ze had er alle recht op.

HOOFDSTUK 2

'Gloria, ik denk dat ik bereid ben je een baan aan te bieden, maar er is een onregelmatigheid in je sollicitatie die we eerst moeten bespreken,' zei ik.

Haar groene ogen werden groot als schoteltjes en gingen nog nerveuzer heen en weer.

Ze slikte.

"Oh, wat is dat?"

'Nou, ziet u,' zei ik tegen hem. "Het is mij opgevallen dat er enkele zijn, we zullen ze onregelmatigheden noemen, die u niet noemde in uw sollicitatie. Zo zei de vraag op de tweede pagina of u ooit bent veroordeeld voor een misdrijf waarop u antwoordde. nee. Maar toen ik een antecedentenonderzoek deed, bleek dat je veroordeeld was voor winkeldiefstal. Wat heb je gedaan? Denk je dat ik het niet zou controleren?'

Hij probeerde tevergeefs zijn tranen te bedwingen.

'Alsjeblieft,' zei ze. "Ik heb eerder geprobeerd eerlijk te zijn. Maar ik krijg niet eens een interview als ze hem zien. Ik had een moeilijke tijd in mijn leven en ik heb begeleiding voor hem gekregen ...".

"Diefstal", prikkelde ik haar.

Zijn wangen werden karmozijnrood.

'Ja. En het zal nooit meer gebeuren.'

Ze schudde haar hoofd alsof ze wilde zeggen: nee, niet hoe, niet ik.

Nu jankte hij bijna, een emotioneel gebaar, wat aardig was.

Ik vind dat vrouwen veel gemakkelijker in de omgang zijn nadat ze goed hebben gehuild.

Ridderlijk als ik ben, opende ik mijn la en gaf hem een doos tissues.

'Dankjewel,' zei hij, terwijl hij zijn neus en wangen afveegde.

'Dit is goed', zei ik. 'Jij en ik praten zo ... we halen er allemaal uit. Want dat is wat er vanaf nu gaat gebeuren: volledige eerlijkheid. Denk je dat je dat kunt? Helemaal eerlijk zijn?'

"Ja." De tranen waren al aan het drogen.

Ze was nog steeds mooi, zelfs met haar make-up.

'Hoe lang ben je op zoek naar werk?'

"Twee jaar."

'Hoe kom je rond? Vriend of ouders?'

"Vaders".

'Is dat de enige goede beroepskleding die je hebt?'

"Ja . . ." Hij keek naar beneden en wreef met zijn hand over de glanzende stof alsof hij hem wilde laten verdwijnen. "Het spijt me."

'Er valt niets te betreuren', zei ik. "Kijk, ik zal eerlijk tegen je zijn. De situatie is tegen jou. Iemand anders kan hier binnenkomen en met veel minder dan wat je op de vragenlijst hebt staan, veel meer krijgen dan je ooit zou krijgen, als je weet wat ik bedoel. Ik bijvoorbeeld. Ik ben niet erg lang en was bijna kaal op de middelbare school. Denk je dat ik in deze situatie niet hoefde te krabben, elleboog en struikelen? Laat me je vertellen. om vijf keer harder te werken dan ik zou moeten als ik langer was geweest en er meer uitvoerend uitzag. Het was verleidelijk om zo vaak op te geven, maar ik had één doel voor ogen. '

Zijn ogen waren verbaasd.

Het gezeur en misschien mijn toespraak hebben haar op dit moment waarschijnlijk een behoorlijk positief gevoel gegeven.

En ze zou alle positiviteit nodig hebben die ze aankon.

'Dus Gloria, laat me je een vraag stellen. Ben je bereid een doel voor ogen te hebben?'

"Ja meneer."

Ze blies trots haar borst uit en liet me eens goed naar haar weelderige ivoren borsten kijken.

'Ja, dat ben ik', besloot hij.

"Goed. Je hebt een aantal geweldige dingen voor je die ik nooit heb gehad. Ten eerste heb je grote groene ogen en een paar sexy lippen. Lippen die ... nou, eerlijk gezegd, lippen die mannen lippen noemen. Ze zijn gemaakt zuigen. "

De grote groene ogen toonden weer verbazing, maar ze waren nog steeds mooi.

De lippen, de lippen maakten me nog harder, als een rots.

Hij pakte zijn leren portemonnee van mijn bureau en stond op.

'Leg dat neer, Gloria, en blijf op je stoel. We hebben het hier eerlijk gezegd, nietwaar? Twee volwassenen. Jij en ik. Geef me nu een vraag. Heb je ooit eerder gepijpt?'

'Ja, maar dat was-was-was met mijn vriend.'

'En ze zag er waarschijnlijk een stuk beter uit dan ik. Nou, ik heb eerder meisjes ingehuurd. Meisjes die beter werden beoordeeld. Meisjes die geen priors hadden. Meisjes die niets gestolen hebben. Zie je waar ik heen ga hier?

Hij ging weer zitten en greep wanhopig de portemonnee vast.

"Ja meneer."

'Goed. Dus laten we hier niet onschuldiger zijn, noch zoals jij bij mij. Jij en ik zijn niet zo verschillend. Begrijp je me nu?'

'Nee', wist hij uit te spreken.

"Kun je me vertellen wat er mis mee is? Ik ben clean. Ik heb geen enkele ziekte. Ik verwacht geen seks. Gewoon een beetje honing voor mijn ogen dat me opwindt en een snelle pijpbeurt ... en dat is het."

Nou, ik was hier niet helemaal eerlijk.

Ik zou pijpen verwachten, veel van hen, en dat ze goed gedaan zouden worden, zelfs professioneel.

En eye candy.

Let wel, ze is een goede eye candy.

Ze keek opzij.

Ik dacht aan wat goed was.

"Geen seks?" zij vroeg.

"Dat klopt. Geen seks. Gewoon een snelle pijpbeurt, net als de president van de Verenigde Staten. Seks wordt sowieso overschat. Ik geef de voorkeur aan pijpen. Bij seks' moet je je zorgen maken over het voorspel en de hele carrière. Bij seks moet je je zorgen maken over kussen, liefhebben en knuffelen achteraf. Met pijpen zijn dingen veel eenvoudiger. Pijpen zijn alleen voor het plezier. Pijpen geven je de mogelijkheid om je kracht te behouden. Je kunt bijna overal en altijd gepijpt worden. Het belangrijkste is dat ik nog nooit een slechte pijpbeurt heb gehad.

Hij bleef maar denken, maar hij had geen nee gezegd.

Ze had hem gewoon nodig om het goed te verkopen.

En ik ben goed in het verkopen van dingen.

"Kijk, beschouw het maar als een springplank. Zo kom je uit het huis van je ouders en alleen. Je hebt ook een baan en je weet wat ze zeggen. Het is gemakkelijker om een andere baan te krijgen als je een baan hebt. een taak."

Hij knipperde met de laatste traan en keek naar mijn kruis.

'Ga je me echt de baan geven?'

Ik wilde glimlachen.

Ik wilde lachen.

Ze kocht alles.

Ik deed mijn best om mijn emoties in bedwang te houden.

'Ik heb het je toch verteld?'

"Oké ... oké, ik zal het doen."

'Goed. Waarom doe je de deur niet dicht en doe je het?'

"Nu?" vroeg ze ongelovig.

'Dat klopt. We zijn geen vrienden. We zijn geen minnaars. Dit is maar een zakelijke relatie. Wat denk je dat ik ga doen, neem het woord van een veroordeelde dief op?'

"Maar er zijn daarbuiten mensen."

'En de deur zal worden gesloten,' zei ik tegen hem. 'Kijk, pak je spullen en ga of sta op en sluit de deur.'

Ze stond op, deed de deur op slot en bleef stomverbaasd staan. Jezus, dit zou niet zo moeilijk worden als ik dacht.

HOOFDSTUK 3

"Kom nu hier. Dat is mijn meisje. Nee, niet achterover leunen. Geef me eerst een kleine show ... wat eye candy om me in de stemming te brengen."

Hij was al keihard, maar hij wilde dat ze ervoor zou werken.

"Ik snap het niet."

Ze begreep het heel goed.

Hij hoefde alleen maar te worden verteld, hij wilde dat het mijn idee was.

'Weet je, een kleine striptease. Niets bijzonders. Een kleine show, niets ingewikkelds, een flits van slipjes en laat me je borsten zien. Breng me in de stemming, meid. Anders ben je er de hele dag.'

Ze deed een zielige poging om wat dij en navel te laten zien.

Mijn erectie was aan het vervagen.

'Kijk, je kunt dit maar beter serieus gaan nemen. Ik zou kunnen beginnen met twintigduizend of dertigduizend,' zei ik. "Denk er over na."

Dat maakte het verschil.

Ze was niet goed, maar na verloop van tijd zou ze het leren.

Hij wist genoeg om zijn heupen te bewegen en zijn handen over zijn lichaam te wrijven.

Ze wierp me een glimp op van haar witte katoenen slipje.

Ik trok een gezicht.

Ze bloosde.

'Dat slipje moet weg. Nu niet, maar vanaf nu moet je iets sexyers dragen.'

Langzaam knoopte ze haar blouse los.

"Waar haal je je ondergoed vandaan, van weegschalen? Nee, geef daar geen antwoord op. Kom op, doe het uit. Je zou ook iets kunnen kopen dat je aan de voorkant kunt losmaken, want ik wil je graag zien tieten elke keer dat je me geil maakt. "

Ze trok haar blouse uit en legde hem voorzichtig op tafel.

Toen trok ze de bh-bandjes van haar schouders en probeerde verlegen om te rollen.

"Ga niet terug", zei ik, "ik wil je goed zien."

Ze draaide de beha om en maakte de sluiting los.

Haar borsten waren groot met dikke, ongelijke tepelhoven en lange puntige tepels.

Hmm, mijn favorieten.

Als ze mijn vriendin was, zou ze ze hebben gekust.

Maar de dingen zijn zoals ze waren, dus waarom zou je erover nadenken?

Ik leunde achterover in mijn stoel en spreidde mijn benen.

"Haal mijn lul eruit."

Hij trok mijn pik uit mijn broek en hield hem in zijn hand, terwijl hij hem langzaam pompte.

'Je kent het verschil tussen pijpen en aftrekken, toch Gloria?'

Hij keek naar de haan in zijn hand en knikte.

'Kus hem van top tot teen. Dat is een meisje. Bekijk me terwijl je het doet, zodat ik die mooie groene ogen kan zien.'

Ze keek verwachtingsvol tussen mijn benen op.

Ze was perfect.

Ik wist dat ik me niet lang zou kunnen inhouden als ze het me zou aandoen.

"Nu zuigen. Bedek je tanden met je dikke lippen, ja, die zuigende lippen. Mmmmm ... oh ja. Je bent gemaakt om aan pikken te zuigen, weet je dat? Wat ik wil dat je doet is af en toe terwijl je dat doet, haal je het uit je mond en open je je lippen en kust je mijn hoofd ".

Ze deed wat ik vroeg, maar het was niet het effect dat ik zocht.

"Nee, niet zoals dat." Ik tilde mijn pik op en leidde hem onder haar nek, en hield toen haar gezicht omhoog. 'Tuit die dikke lippen op en doe je mond een beetje open.'

Zij deed.

De kop van mijn pik werd nu omlijst door haar gerimpelde lippenstiftlippen.

Het was perfect.

'Dat is prachtig, nu wil ik het uit je kaak zien steken. Shit, nee, niet zo. Laat me je hier helpen.'

Ik draaide haar hoofd zodat haar kaak uit mijn pik stak.

Zijn dikke lippen waren om mijn lid gewikkeld.

God, ze was zo verdomd heet.

'Kijk me aan, Gloria.'

Ze keek me aan met die grote groene ogen, terwijl ze de onderkant van mijn lid likte met haar fluwelen tong.

"Fuck, je bent sexy. Ik wed dat je vriendje wil dat je het hem altijd zo aandoet," zei ik tegen hem, en ik maakte zijn wangen rood. "Kom op lieverd, ik ben nu klaar om klaar te komen. Zuig me. Zuig me hard en snel en kom met mijn ballen."

Ze daalde op me neer en neukte me met haar hete mond.

Het was duidelijk dat ze dit eerder en vele malen had gedaan en in een ritme was geraakt.

Hij wilde echter dat het zijn gebruikelijke taak was.

Hij zou haar de Queen of Blowjobs maken voordat ze een andere baan kreeg.

'Sneller, Gloria, sneller,' drong ik aan, terwijl ik haar haar uit mijn zicht hield, zodat ik haar in actie kon zien. "Zuigen, zuigen, zuigen, ik hoor je niet zuigen."

Zijn mond zoog en drupte, terwijl hij versnelde en mijn pik liet zakken.

Ik voelde het sperma stijgen.

Ik zei bijna 'wacht, stop, ik ga klaarkomen'. Kan je het geloven? Ik was zo gewend om op te stijgen voordat ... Nou, ik vergat bijna dat ik het niet hoefde te doen.

"Ugh, ugh, lieve klootzak. Ik ben er klaar voor. Ik ben zo verdomd klaar. Durf niet te stoppen met zuigen," waarschuwde ik haar, leunde achterover in mijn stoel en greep de armleuningen stevig vast.

Verdomme, dit zou geweldig worden.

Ik voelde mijn pik opzwellen en nog sterker worden.

Mijn sperma kwam eruit.

Verdomme, ze liet me klaarkomen alsof ik een tiener was.

Mijn ballen liepen leeg en pompte mijn hete sap in zijn mond.

Ze maakte een ongemakkelijk geluid, maar bleef ijverig zuigen.

Ik trok mijn pik voorzichtig uit haar mond.

Haar lippen waren gesloten en een deel van mijn sperma sijpelde tussen haar samengeknepen lippen.

'Doe je mond open zodat ik het kan zien.' Zei.

Zijn gezicht kleurde een schitterende karmozijnrode kleur en zijn ogen werden waterig.

Hij wilde duidelijk niet, maar uiteindelijk sloot hij zijn ogen en opende zijn mond.

"Laat me je tong eens zien. Wauw, ik heb je zeker een flinke lading gegeven, nietwaar? Ik ben al heel lang niet meer zo gekomen," zei ik. 'Vooruit, je weet waar hij nu heen gaat. Door het luik.'

Hij trok een grimas, zette het schattigste smileygezicht op dat ik ooit heb gezien en slikte het door.

HOOFDSTUK 4

"Je was een geweldige lieverd. Maak nu mijn lul schoon en stop hem dan weer in mijn broek. Daarna kun je jezelf schoonmaken."

Ze gehoorzaamde zwijgend en vermeed mijn ogen de hele tijd, alsof ze een vreemde was, en dat vond ik prima.

"Kun je morgen beginnen?" Ik vroeg.

'Ja meneer,' gilde ze bijna.

'Goed,' zei ik, terwijl ik mijn portemonnee tevoorschijn haalde. "Ik ga je mijn creditcard geven en ik wil dat je sexy kleren voor jezelf gaat kopen. Met sexy bedoel ik strak, kort en mager en nee, ik herhaal, koop ze niet bij discountwinkels. Nieuwe slipjes en bh's met dezelfde specificaties. Het kan me niet schelen wat de andere vrouwen hier dragen, je draagt kousen en hakken naar je werk, elke dag. Als ik acht uur per dag naar je moet kijken dan verwacht ik iets interessants in zicht te zien. Oké?"

Ze knikte en pakte mijn creditcard.

"Lach schat, ik verwacht een glimlach en een vriendelijke houding als je hier gaat werken," zei ik. 'En een bedankje voor de functie zou leuk zijn.'

Even glimlachte zijn gezicht.

'Dankjewel,' zei ze.

'Bewaar de bonnetjes. Je betaalt me te zijner tijd.'

God, het was goed om mij te zijn.

Ik ben toegewijd aan een mooi meisje ...

HOOFDSTUK 5

Twee jaar later...

Gloria kwam het kantoor binnen en deed de deur op slot.

Ze was bijna onherkenbaar hoe ze hier de eerste dag was gekomen.

Haar haar was een massa donkere platina lokken.

Haar ondergoed was geselecteerd uit de Victoria's Secret-catalogus, waar ik erop stond dat ze ook al haar kantoorkleding zou kopen.

Vandaag droeg ze een gestreepte rok die haar heupen omhelsde en uit elkaar viel tot aan haar dij.

Onder haar getailleerde sportjas was haar witte blouse net tot het midden van haar borst losgeknoopt, waardoor een kanten beha en haar stevige, ronde borsten zichtbaar werden.

Ze was niet alleen mijn secretaresse, ze was de fantasie geworden van de perfecte secretaresse voor elke man.

Hij droeg een tas over zijn schouder die hij op mijn bureau zette.

'Je ziet er vandaag bijzonder sexy uit, Gloria. Probeer je extra punten te krijgen voor je jaarlijkse evaluatie?' Ik vroeg hem. 'Nou, ik kan op het laatste moment worden beïnvloed als je begrijpt wat ik bedoel. Dus geef me vandaag een speciale show. En je kunt er maar beter al je energie in steken.'

Soms kan ik een echte klootzak zijn, toch?

De waarheid was dat hij zijn evaluatie al had geschreven en dat die erg goed was.

Het beste dat ik hem durfde te geven.

Gloria schonk me een speciale glimlach toen ze haar hand op het bureau legde, haar stevige jonge borsten laag aan haar top hingen, en ze zette de radio heel zacht aan.

Toen liep hij terug naar de deur, nou ja, het leek meer op stappen: de ene voet bewoog hem in de andere, zwaaide met zijn heupen, die strakke, fijne kont werkte precies zoals ik het graag had.

Toen ze bij de deur kwam, legde ze haar lange platina donkere haar over haar hoofd, draaide zich om en stopte de slaap van haar bril in haar mond.

De bril was natuurlijk mijn idee.

Er is iets met een sexy meid met een bril waar ik binnen een minuut hard van word, en ik was al hard.

'Meneer Anderson,' zei hij. 'Heb je mijn nieuwe bh gezien? Hij is echt sexy. Wil je hem zien?'

"Tuurlijk," zei ik. "Ik zou graag willen."

'Ik weet het niet,' zei ze, terwijl haar vingers de knopen van haar blouse al losmaakten. 'Hij is net als mijn baas en zo. Ik weet niet of het goed zou komen.'

'Maar je houdt ervan om te pronken met je baas, nietwaar? De manier waarop je je elke dag kleedt, je lichaam laat zien. Je denkt dat ik niet weet wat je me probeert te verleiden? Je denkt dat iedereen op kantoor weet het niet? "

Ik kon haar niet meer laten blozen zoals vroeger.

Hij was de enige man in een kantoor vol vrouwen.

En toen Gloria voor haar eerste werkdag in haar strakke pakken en hoge hakken verscheen, viel er een stilte over het kantoor toen alle andere vrouwen stopten en naar haar keken, meteen wetend hoe de nieuwe secretaresse haar baan had gekregen en hoe ze bedoeld. bewaar het.

Oh, wat bloosde Gloria toen ze de warmte van hun blikken voelde.

Ik zat binnen een paar minuten op mijn knieën in mijn kantoor.

Gloria zat op de rand van mijn bureau met haar lange benen over elkaar.

Haar rok ging omhoog en liet de bovenkant van haar kousen en haar enkelbandje zien.

Ze deed haar blouse uit elkaar en onthulde haar beha.

Het was bijna transparant: ik kon gemakkelijk de omtrek van haar roze tepel door de stof heen zien.

'Vind je het mooi?' zij vroeg.

'Ik zie nog niet veel te zeggen.'

Ze trok haar blouse uit en wiegde haar lichaam op het ritme van de muziek.

'Kunt u er nu goed naar kijken, meneer Anderson?'

'Tot dusver ziet het er goed uit, Gloria,' zei ik tegen haar. 'Maar ik vroeg me af. Draag je bijpassende slipjes?'

"Hoe heb je het geraden?"

Maar weet je, hoe leuk het ook was om het onschuldige baas-secretaresse-spel te spelen, het was niet wat ik wilde vandaag.

HOOFDSTUK 6

'Gloria, wat als we stoppen met dit onschuldige acteren en jij springt op het bureau. Ik wil dat je gemeen bent vandaag. Ik wil dat je die shit in mijn gezicht gooit,' zei ik tegen haar. "Oh, en vergeet niet je hakken uit te trekken. Ik heb daar nog krassen van de vorige keer.

Ten slotte bloosde hij een beetje.

Ze speelde graag de onschuldige of zelfs de verleidster, maar nooit de stripper.

Gelukkig voor mij heb ik hem niet betaald omdat hij van zijn baan hield.

Glimlachend keek ik hoe ze haar hielen uittrapte en toen hielp ik haar op het bureau.

Kijk, ik kan ook aardig zijn.

Ze droeg kousen en wilde niet dat ze zou uitglijden om op het bureau te komen.

Ik heb de radio op iets mooiers gezet, wat harde steen ...

Hoe toepasselijk.

Hij danste voor mij en bewoog zijn lichaam op mijn bureau.

Ze trok zich los en verwijderde de bandjes van haar beha.

Toen ze zich omdraaide, hield ze de voorgevormde beha tegen haar borsten en duwde hem verleidelijk weg.

Haar welgevormde borsten bungelden als vers fruit, verlangend naar de oogst.

'Vooruit, Gloria,' drong ik aan. 'Het werkt voor mij. Je weet hoe ik het lekker vind.'

Ze zou het na twee jaar al moeten weten.

Ik nam haar na het werk mee naar bars, zodat ze kon zien hoe de profs het deden.

Daarna hielp ik hem in zijn praktijk en gaf ik hem mijn eigen suggesties over hoe hij die kon verbeteren.

Ze hurkte neer en klemde haar heupen op elkaar, terwijl ze haar kutje recht voor mijn gezicht bewerkte, precies zoals ik het graag had.

Het kleine bandje stof dat haar slipje was, gleed tussen de plooien van haar schaamlippen.

God, ze was een godin en ik was de gelukkigste baas ter wereld.

"Fuck, het lijkt erop dat je poesje je slipje probeert op te eten," zei ik hem. 'Kom op, laat me het zien. Alles.'

Ze stond op en haakte haar duimen in de tailleband van haar slipje.

Ze draaide zich om, liet ze een beetje zakken en leunde voor me om me haar kleine anus te laten zien.

Toen terug naar voren, totdat ik het vage spoor van een naakt poesje kon onderscheiden.

"Verdomme, ik ben keihard." Zei. "Laat me ze uitdoen zodat ik dat poesje van je kan zien."

Ze ging rechtop zitten en legde haar met kousen bedekte voeten op mijn schoot.

Terwijl ik haar uit haar slipje probeerde te halen, masseerde ze mijn pik met haar voeten door mijn broek.

Gloria's poesje zag er zo aantrekkelijk uit.

Haar natte geschoren lippen gingen uit elkaar, wat haar staat van opwinding liet zien.

Boven hen was een kleine driehoek van haar van vijf centimeter lang en één centimeter breed.

De grootte van haar schaamstreek maakte deel uit van haar ongeschreven werkregels, net als de navelring die op haar buik glom.

'Spreid die benen, schat,' dring ik aan. "Ik wil ook de binnenkant zien."

Een kleine zucht ontsnapte aan haar lippen, terwijl ze haar benen spreidde en haar heupen omhoog duwde.

Haar poesje, zo nat en gezellig.

Zou je denken dat ik het nog niet had verpest?

Hoe ongelooflijk het ook mag klinken, het was waar.

Ze kreeg mijn pijpbeurt dagelijks en soms twee keer per dag, maar ik kwam nooit in haar kutje.

Afgaande op enkele van zijn teleurgestelde uiterlijk en zijn duidelijk opgewonden toestand, had ik vaak in hem kunnen komen als ik dat had gewild.

Maar laten we eerlijk zijn.

Hij had pijpbeurten wanneer hij maar wilde en een totaal ongecompliceerde relatie.

Het laatste wat hij wilde doen, was het verpesten en verpesten.

'Draai je om,' zei ik tegen hem. "Ik wil je mond neuken."

Zijn ogen smeekten: 'Kunnen we alsjeblieft iets anders doen?'

Maar ze draaide zich gehoorzaam om, hield haar hoofd achterover over de rand van het bureau en haar haar viel op mijn schoot.

Zijn grote groene ogen waren groot en smeekten: "Doe dit vandaag niet."

Maar het was tenslotte haar jaarlijkse evaluatiedag en ze was niet van plan het gemakkelijker te maken.

Daarom wilde ik haar mond neuken; iets dat hij als straf vasthield.

Oh, ik weet het, ze zou liever op haar knieën gaan en het goed voor mij doen en ze zou het geweldig voor me doen.

Ze was een expert in tongfladderen, balzuigen, korte kus, tongmassage, plasbuis plagen, gedraaide vuist.

Zoals ik al eerder zei, hij was de gelukkigste baas ter wereld.

Ik stond op en trok mijn broek en boxershort tot op mijn knieën.

Ze opende haar mond en deed haar best om haar keel plat te strijken terwijl ze op mijn pik duwde.

"Spreid je kutje voor me uit," beval ik. "Ik wil dat natte poesje zien terwijl ik je mond neuk."

Ze gromde en de explosie van hete lucht kietelde mijn ballen terwijl ze gehoorzaam haar lippen van haar kutje scheidde.

Ik was in de hemel.

Ik duwde zijn mond in één klap tot mijn schaambeen zijn kin raakte.

Hij voelde haar onwillekeurige misselijkheid bij het binnendringen.

Oh wat haatte hij dat.

Niet zozeer omdat het ongemakkelijk was, maar omdat hij niet goed kon praten toen hij klaar was en het ook rode strepen veroorzaakte aan weerszijden van zijn lippenstift.

Het was gênant voor haar en ze deed haar best om andere mensen te ontwijken toen het allemaal voorbij was.

En hoewel het heel goed met haar ging, als de klootzak die ik ben, belde ze meestal een van de andere meisjes die met haar samenwerkten om haar om een rapport te vragen als ze klaar was.

Door er gewoon aan te denken, kookte het zaad op mijn ballen.

Verdomme, ik dacht aan het basketbalspel dat ik de avond ervoor had gezien, bezig met al mijn bezittingen, aan iets anders te denken, om te voorkomen dat ik te vroeg kwam.

Ik wilde van het moment genieten.

Toen ik de controle herwon, versnelde ik het tempo.

Zijn ademhaling werd steeds moeilijker.

Gloria hield haar schaamlippen nog steeds open, maar nu danste een vinger in kleine cirkels over haar clitoris.

'Je weet hoe je het beter moet doen,' zei ik tegen hem. "Speel een beetje met je tepels."

We waren hier voor mijn plezier, niet voor haar.

Ik voelde zijn boze gegrom tegen mijn pik trillen.

Haar lange roodgeverfde nagels bewogen naar boven, taps toelopend en trokken aan haar tepels.

Shit!

Ik moest nadenken over de meest verpeste prestatie van de scheidsrechter van de wedstrijd van gisteren om de controle over mijn hoofd terug te krijgen.

Ik ving het sneller op.

Zijn keel zat strak om mijn pik.

Zijn ademhaling haperde.

Fuck, fuck.

Ik probeerde weer aan het basketbalspel te denken, maar dat lukte niet meer.

Shit, ik zou zonder remedie klaarkomen.

Maar voordat ik het kon, greep ze mijn pik, trok hem uit haar mond en ging rechtop zitten.

"Wat de fuck!" Ik gilde bijna en vergat even waar we waren.

Ze hoestte en veegde het speeksel van haar lippen en wees met een vinger naar mijn gezicht.

'Ik kan dit niet meer,' zei hij met schorre stem, schor van mijn verwoesting in zijn keel.

"Wat?" Ik was verbaasd "Heb je nog een baan aangeboden? Ben je met een eikel ingetrokken?"

'Nee,' zei ze. "Kijk, ik weet dat je me slechte referenties over mezelf hebt gegeven ... en je denkt dat ik niet weet dat ik altijd overuren heb als ik met iemand uitga. Of hoe je bij mij thuis komt opdagen ineens om te kijken of ik bij iemand ben. Wat voor rare dingen om er zeker van te zijn dat hij geen uitweg uit onze deal vindt?'

"Kijk" shit, ik was hard en ik moest komen. Het laatste dat meneer Polla of ik wilden, was ruzie. 'Ik weet dat ik soms een idioot kan zijn, maar ik heb voor je gezorgd, toch? Ik nam een risico als niemand anders dat zou hebben gedaan. Je bent een van de best betaalde secretaresses hier, maar de best betaalde. En op Secretaressedag Wie heeft altijd de beste cadeaus?

'Dat interesseert me niks,' zei hij. God, ze was echt boos. 'Deze regeling is al waardeloos. En we zullen het met iets anders moeten oplossen.'

Hij wilde glimlachen om haar onvrijwillige woordspeling, maar ze leek niet in een erg goed humeur te zijn.

Waar ik zeker van ben, is dat hij het wilde behouden.

Ze was geen slechte secretaresse en ze was ongelooflijk aantrekkelijk, om nog maar te zwijgen van haar mondelinge vaardigheden die aanzienlijk waren gegroeid.

En het allerbelangrijkste: meneer Polla wilde niet dat ik het beste zou missen dat hem was overkomen sinds ik als tiener masturbatie ontdekte.

"En wil je nog meer?" Ik vroeg hem.

Ik hoopte dat ze me zou confronteren.

Ik ruzie met me voor een pijpbeurt per week.

Rust nemen.

Laat me je beloven je een aantal goede referenties te geven.

In plaats daarvan was ik verrast toen ze over de tafel leunde, die lange, mooie benen spreidde en zich voor mij beschikbaar stelde.

HOOFDSTUK 7

Het was duidelijk wat hij wilde, maar ik was nog steeds een beetje boos over de manier waarop hij tegen mij op de situatie had gereageerd.

Het deed geen pijn dat hij de situatie weer onder controle had.

Dus in plaats van haar als nieuwe grond te neuken, plaagde ik haar hete gaatje met de kop van mijn pik.

Ze probeerde tegen me aan te strompelen, maar ik trok me terug en ging verder met plagen.

'Gloria,' zei ik. 'Ik weet niet zeker wat je wilt. Waarom vertel je het me niet?'

Ze probeerde zich weer tegen me aan te duwen.

Opnieuw was het duidelijk wat hij wilde, maar hij wilde haar het horen zeggen.

Ze gromde, kreunde en kromde haar rug.

God, ze was zo verdomd sexy.

Ik had de afgelopen twee jaar echter minstens een of twee keer per werkdag gezogen.

Ik had het gevoel dat ik me in een veel betere positie bevond dan zij.

En tot slot kreeg hij gelijk.

'Ik geef niks om die dingen, ik heb je gewoon binnen nodig,' hijgde hij. "Ik heb je nodig in mij. Ik heb je nodig om me te 'neuken'. Fuck, ik heb je zo hard nodig in mijn poesje. Alsjeblieft, ik smeek het je. Ugh, ik ben ... oh, God, ik ben zo wanhopig. "

Dat klonk als muziek in mijn oren.

"Je was wanhopig op zoek naar een baan, en nu ben je wanhopig om geneukt te worden," zei ik, terwijl ik haar kutje nog steeds plaagde. 'Persoonlijk vind ik onze huidige regeling leuk. Maar je hebt daar een lekker klein poesje. Vind je het erg als ik het als bewijs neem van je toewijding aan het werk?'

"Yesiiiii!" kreunde ze, terwijl ik haar sloeg en mijn harde pik in haar duwde. "Oh ja dat is het, neuk me. Neuk me hard."

"Stil," siste ik.

Gloria zoog aan een paar vingers om haar geschreeuw te dempen terwijl ik mijn pas versnelde.

God, ze was heet en oh wat was ze nat!

Mijn pik glom van zijn overvloedige melk.

Het duurde niet lang voordat ik me realiseerde dat ik in haar zou barsten en dat ik er nog niet klaar voor was.

Dus ik trok me terug en begon haar opnieuw te plagen.

Ze kreunde van ontzetting en probeerde zich terug te trekken en zichzelf aan mijn pik te spietsen.

HOOFDSTUK 8

"Hmm, dat was goed", zei ik tegen hem. "Maar je realiseert je dat je door je poesje op het spel te zetten, om zo te zeggen, alles erin stopt. . ."Ik duwde mijn pik in het midden van haar strakke kutje, stopte en trok haar er helemaal uit." En ik meen het. "Ik bewoog mijn pik ongeveer een halve centimeter omhoog, en duwde tegen de strakke gerimpelde anus op haar kont." Zullen we spelen met het zuidelijke deel? Snap je wat ik zeg? Ik wil nu een tijdje je kont proeven. . . Eens kijken welk gaatje ik het leukst vind. "

Gloria trok zich niet terug.

In plaats daarvan duwde ze tegen me aan.

"Ummm, gewoon ummm, oh god, alsjeblieft, doe me geen pijn," kreunde hij.

'Het zou niet al te veel pijn moeten doen aan hoe gesmeerd je bent,' verzekerde ik haar. "Probeer gewoon te ontspannen." En toen stak ik in haar strakke anus.

"Oh God. Oh God," hijgde ze, terwijl ze worstelde om zich terug te trekken, maar mijn bureau hield haar tegen.

'Houd hem in bedwang,' siste ik.

Shit, wat probeerde hij te doen om ons te pakken te krijgen?

Wat mij betreft, ik vertraagde en stopte toen hij met mijn pik half in zijn kont was gestopt.

Ik moet je zeggen dat het puur plezier was.

Krap?

Strak, het begint niet eens te beschrijven wat ik voelde toen het op haar kont zat.

Het was alsof mijn pik werd gemolken door een hongerige fluwelen handschoen.

Ik heb het een paar keer gedaan, heel langzaam.

Langzaam in en langzaam uit.

Gewoon elke keer halveren.

Ik wou dat ik meer had gedaan, maar Gloria maakte te veel lawaai, zelfs met drie vingers in haar mond.

Wees geduldig, zei ik tegen mezelf.

"Je hebt een hete kleine kont, Gloria," zei ik, terwijl ik zijn pik uit haar trok. 'Dat moet ik nog een keer doen. Ja, natuurlijk.'

Haar kont was zo schattig en haar anus was opgezwollen en rood.

Ik raakte het aan met mijn vinger, waardoor ze naar adem snakte, gewoon voor de lol.

Toen liep ik om het bureau heen en haalde zijn vingers uit zijn mond.

Ze wist wat hij wilde, maar draaide haar hoofd opzij en probeerde het te vermijden.

'Kom op Gloria,' zei ik tegen haar. 'Bij alle gaatjes, schat. Hoe ga ik anders weten welk gaatje ik het leukst vind? Trouwens, ik moet hier komen voordat ik terug ga naar waar je wilt dat ik het leg. Je weet wat ik bedoel, toch ? "

Ze bekeek mijn pik met een blik van walging, maar uiteindelijk wilde ze hem meer in haar kutje dan dat ze er niet aan wilde zuigen.

Met tegenzin deed hij zijn mond open en pakte hem aan.

Ik hield haar mond een paar minuten vast, trok me toen terug en ging terug naar de andere kant van de tafel en draaide haar om.

Haar poesje had de perfecte lengte.

Ik sloeg de spelletjes over en duwde mijn pik ruw tegen haar aan.

Ik sloeg haar kutje op het ritme van de muziek.

Ze wilde dat ze wisten dat ze was geneukt.

Gloria kromp ineen en gromde bij elke stoot.

"Speel met je poesje en zuig op je vingers schat," zei ik tegen haar. "Ik maak me klaar om klaar te komen en ik wil wat eye candy."

En ik kwam heel dicht bij klaarkomen en geen enkele hoeveelheid fantasierijk spel of nadenken over het rapport dat ik over een uur moest afleveren, zou het nog verder vertragen.

'Neem je de pil, Gloria?' Vroeg ik, mezelf dwingend een beetje langzamer te gaan.

Zij schudde haar hoofd.

'Nee,' mompelde ze.

'Maar je wilt dat ik naar binnen kom, toch?' Ik vroeg.

Ze schudde haar hoofd, maar dat zei ze niet.

'Ja,' siste ze.

Het was niet meer dan een gefluister.

'Vertel eens,' drong ik aan. 'Zeg me waar je het wilt. Zeg me wat je wilt, vuile dief.'

"Ik wil het in mijn poesje ... Ik wil dat je in mij komt."

Zijn handen grepen mijn kont en duwden me hard in haar.

'Heb ik je gezegd dat je moet stoppen met spelen met dat poesje?' Ik vroeg.

Ze schudde haar hoofd en liet haar handen weer naar haar kruis zakken, en hervatte de oude cirkel rond haar clitoris.

'Sneller,' eiste ik en met een zucht gehoorzaamde ze gehoorzaam.

Mijn tempo ging omhoog.

Verdomme, ik kwam dichtbij en ze was zo verdomd mooi.

En de hoeveelheid controle die hij over haar had, maakte de situatie nog heter dan zij.

Ze was mijn secretaresse, mijn laatste secretaresse.

Kousen, enkelband, teenring, navelring, lange nagels en platina donker haar waren allemaal voor mij.

Het had genoeg moeten zijn voor elke man, en toch wilde hij meer.

'Ik wil dat je hierna naar de kliniek gaat en een recept voor de pil krijgt, oké?' Ik pakte haar bij de tepels en trok.

"Ja," hijgde hij.

"Als dat?" Ik vroeg.

'Ja, mmm. Meneer Anderson.'

'Daar hebben ze toch een examen voor nodig, Gloria?' Zei.

Oh ja, het sperma nam nu toe.

Het zou spoedig gebeuren.

'Ja, meneer Anderson.'

'Ik wil dat je daarheen gaat als ik klaar ben met je te neuken, begrepen?'

"Uhhmm, ja meneer, meneer Anderson."

Haar lange benen sloten zich om mijn middel en trokken me bij elke stoot naar zich toe.

Haar kutje kneep me hard.

"Wat zullen ze ervan vinden dat je met veel sperma komt opdagen, huh Gloria? En je kunt maar beter niet in de weg zitten tenzij je de tent nat wilt maken," zei ik tegen haar.

Ik voelde mijn ballen krampen.

Ik kon me niet meer inhouden, het was zij of zij.

"Ugh. Ik ga ... waar wil je het krijgen? Waar wil je het?"

Zijn ogen waren gesloten en zijn gezicht vertrok van hartstocht.

"Op mij! Op mij! Oh God! Oh God! Kom op mijn poesje! Schiet op ... fuck, fuck ik ga ook!" kreunde ze.

Jezus, ze was luidruchtig.

Ik bedekte haar mond met mijn hand terwijl ik haar bleef neuken, spuiten na spuiten in haar strakke kutje pompen.

Ik neukte haar zo hard als ik kon en gooide papieren van het bureau op de grond.

Gloria rukte onder me als een bronco en tilde haar kont van het bureau, terwijl ze mijn sterke greep tussen haar sterke dijen vasthield.

Ik voelde me zwak toen ik klaar was, maar er was nog veel te doen.

Toen ik uit haar kwam, legde ik haar hand op haar kutje.

'Neem het allemaal maar vol', beval ik.

Toen hielp ik haar haar slipje aan te trekken.

Toen hij zijn hand bewoog, druppelde mijn sperma, waardoor zijn kruis bevlekte.

'Je gaat me niet echt dwingen om dit te doen, hè?' zij vroeg.

"Oh ja," zei ik. 'Je gaat het doen. En dan vertel je me er vanavond alles over.'

"Vanavond?"

"Ja," zei ik en kuste haar. "Vanavond wanneer ik je weer neuk."

'Alsjeblieft,' smeekte hij. 'Dwing me niet dit te doen ... ze zullen het ontdekken ... en ze zullen het verspreiden. Oh, God, ze zullen het allemaal zien. Wat zullen ze denken?' Hij keek naar de grond en weigerde naar mij te kijken.

'Ze zullen denken dat je zojuist de fuck van je leven hebt gehad.'

"B-maar wat moet ik zeggen?"

Ik tilde haar kin op en dwong haar in mijn ogen te kijken.

"U zult zeggen: Ja meneer, meneer Anderson."

Hij beet op een trillende lip.

Zijn grote groene ogen waren zo groot als schoteltjes.

'Ja meneer, meneer Anderson.'

"Ik weet ook zeker dat je 'iets' zult bedenken om tegen de dokter of verpleegkundige te zeggen. Zeg ze dat je viel en op de lul van je baas landde op weg naar de lunch," zei ik tegen hem en klopte op zijn kont terwijl ik liep. . gedwee de deur uit.

Oh ja, baas zijn heeft zo zijn privileges.

EINDE

ONVERWACHTE SITUATIE
ERIKA SANDERS

45

Hoofdstuk I.

'Ik zal in de kamer op je wachten en iets onthullends aantrekken,' had John gezegd.

Ze behandelden hem als een afhaalmaaltijd, dacht Gina toen het gesprek eindigde.

En dit is hoe ze zich nu voelde toen ze make-up op de make-upspiegel deed: schaduwrijke ogen, rode hartvormige lippen en net genoeg make-up op haar gezicht om haar er niet uit te laten zien als een wassen beeld.

Wil je iets anders in je bestelling, schat?

Tevreden met haar werk liep ze op blote voeten over het tapijt in de slaapkamer, alleen gekleed in een beha en slipje, en opende de kast.

Ze pakte een doosje met geld van een plank boven haar kleren en droeg het naar bed.

Toen ze het opende, vielen er vele tien en twintig op de zijden lakens.

Gina telde er vier van de twintig en stopte de rest in de doos.

Ze zette de doos terug in de kast, stopte het geld in haar tas en begon zich aan te kleden.

John woonde aan de andere kant van de stad in een luxe vrijstaande woning met vijf slaapkamers aan de gracht.

Afhankelijk van het middagverkeer zou hij er tien minuten over doen.

Hij was een relatief nieuwe klant van haar die tot nu toe zes keer had gediend.

Ze haatte het.

Hij was arrogant, onbeleefd en volkomen pervers.

Hij was van Italiaanse afkomst: olijfkleurige huid, een grote neus en dik zwart haar.

John hield van eten en Gina vond dat hij eruitzag als een kruising tussen een gangster uit de jaren 40 en een dikbuikig varken.

Hij had opgeschept dat hij connecties had met de criminele onderwereld, maar Gina wist niet zeker hoeveel van wat hij zei waar was.

Ze dacht dat hij alleen maar indruk op haar probeerde te maken.

Ze begreep niet waarom mannen dit aantrekkelijk vonden voor meisjes.

Gina had een hekel aan geweld en zette een film uit bij de eerste tekenen van bloed of geweld.

Maar John zat beslist in een soort van onbetrouwbare zaken.

Ze had wapens in haar huis gezien.

Hij had tijdens hun seksuele relatie verhitte telefoontjes afgeluisterd die John weigerde te negeren.

Over geld en drugs gesproken.

Ze vond mannen als John weerzinwekkend: hebzuchtig, egoïstisch, oneerlijk en corrupt.

Ze had het geld echter te hard nodig.

Gina's leven was vol schulden.

Een cursus vrije kunsten, het mini-fiat dat elke dag naar haar secretaresse ging en kleren kocht, vakanties op Ibiza en een lening die ze had genomen om haar appartement in te richten.

Ze zwom in de schulden, maar de kredietverstrekkers hadden haar nooit iets ontzegd.

En daarom had hij het afgelopen jaar als privé-escorte gewerkt.

Privé was het sleutelwoord.

Ze had geen online advertenties, te bang dat haar familie of vrienden haar vuile geheim zouden ontdekken.

In plaats daarvan vertrouwde ze op mond-tot-mondreclame en haar vaste klanten, mensen zoals John.

De eerste man die haar betaalde om seks met haar te hebben, heette Peter.

Ze ontmoette hem op een datingsite nadat ze het uitmaakte met Adams, maar wist meteen dat het niets voor haar was.

Het was niet het feit dat hij ouder was dan haar in de veertig en vijftien.

Daarom had ze hem in de eerste plaats ontmoet en dacht ze dat een oudere man hem kon geven wat Adams, een vierentwintigjarige jongen, niet kon.

Toewijding, veiligheid, misschien nieuwe seksuele ervaringen.

Ze voelde zich gewoon niet verbonden met Peter en kwam er een uur na hun eerste date achter dat ze met z'n tweeën konden dineren in een Indiaas restaurant in het leukste deel van de stad.

Ze nam afscheid en bedankte hem voor een heerlijke maaltijd. Ze dacht dat het de laatste keer zou zijn dat ze hem zou zien.

Maar Peter was meer in haar geïnteresseerd dan hij aanvankelijk had gedacht.

Twee dagen later nam hij contact met haar op met een aanbod om haar te betalen voor seks.

Aanvankelijk was Gina verrast, zelfs beledigd.

Met haar diepgebruinde, geverfde blonde haar en een voorliefde voor onthullende kleding wist ze dat ze een bepaalde aantrekkelijke indruk maakte.

Maar dat zou haar nog geen hoer maken of iemand die haar benen zou spreiden bij het eerste teken van financiële problemen.

Ze had vast wel meisjes ontmoet die dat zouden doen.

Maar Peter leek zo'n aardige vent, en hoe meer Gina nadacht over haar schulden, hoe meer ze zich afvroeg wat voor schade het zou doen om het aanbod te accepteren. Er zou wederzijds voordeel zijn.

Peter zou haar bezitten en ze zou het geld krijgen dat ze hard nodig had.

Als niemand echt gewond raakt, wat was dan het probleem?

Gina was echter naïef.

Ze had nooit gedacht hoe verslavend betaalde seks kon zijn, of hoe goedkoop en ellendig ze zich zou voelen.

Tot overmaat van ramp was Peter niet de heer die ze eerst dacht dat hij was.

Al snel werd bekend dat ze haar goed van dienst was, en dat kon alleen maar omdat hij het direct verspreidde.

Allerlei aanbiedingen vulden zijn mailbox via de datingsite waarop hij Peter ontmoette.

Hij kon niet geloven hoeveel oudere mannen daar jongere vrouwen zochten voor seks en hoeveel er bereid waren ervoor te betalen.

Het was erg lucratief voor haar geweest en ze leerde al snel dat ze meer geld kon verdienen als ze bereid was haar grenzen wat meer te verleggen.

Mannen betaalden meer voor zaken als anaal, dominantie, golden shower en verschillende soorten rollenspellen.

Gina had geïnvesteerd in schoolmeisjesuniformen, sexy lingerie en zwepen. Ze had gegeten wat er werd gesuggereerd en allerlei voorwerpen gevuld en zelfs gedaan alsof ze een vijftigjarige man in een luier borstvoeding gaf.

Natuurlijk had John genoten van alle beschikbare diensten met zijn geld.

Van eersteklas prostituees tot pornosterren tot driezijdige modellen.

Het was een obsessie die grensde aan verslaving.

Het leek erop dat alle jonge en mooie meisjes klaar waren om hun attributen te verkopen terwijl ze nog steeds begerenswaardig waren.

Het was tragisch.

Het was dus geen verrassing dat John, nadat hij van een vriend had gehoord, contact opnam met Gina.

En vanavond zouden ze voor de vijfde keer samen zijn.

Gina keek op haar horloge en maakte haar kleren vast in de spiegel in de hal. Over een jaar is het allemaal voorbij, meisje, herinnerde ze zich.

'Je kunt het.'

Toen pakte hij zijn sleutels en ging de deur uit.

Hoofdstuk II

Tien minuten later stopte hij op Midesting Road.

Het was even na half elf en in een van de andere huizen was een poolparty in volle gang.

Hij reed door de smeedijzeren poorten van Johns huis en parkeerde de Fiat op straat.

De maan scheen op het dak van Johns zilveren Mercedes toen hij het geluid van zijn hakken op het grind hoorde kraken en naar de zijkant van het huis liep.

John had hem gezegd door de achterdeur binnen te komen.

Vanavond spelen ze een rollenspel.

Hij zal op het bed liggen en zij zal binnenkomen als een dief en hem verrassen.

John hield ervan om dingen te verknoeien.

Ze had nog nooit zo'n seksueel vindingrijke man ontmoet.

Halverwege het huis stopte hij en keek de steeg op en neer.

Ze was er zeker van dat niemand haar daar zou zien, maar ze wilde het zeker weten voor het geval dat.

Ze liet haar slipje zakken, trok het over haar hielen en trok toen haar rok recht.

Ze stopte haar slipje in haar zak.

Rode punt, John's favoriet.

Toen strompelde ze op haar hakken het pad af en opende de deur naar de achtertuin.

Een metalen vuilnisbak rinkelde toen hij er per ongeluk tegen schopte met de punt van zijn scherpe hak.

'Dom!' Ze vermaande zichzelf.

Het keukenlicht brandde en de patiodeur die naar haar leidde stond op een kier.

John moet het voor haar open hebben gelaten.

Gina gooide haar haar naar achteren, vervolgde haar sensuele wandeling en ging het huis binnen.

Hij rook een branderig gevoel toen hij de keuken binnenkwam en de deur sloot.

Het was waarschijnlijk een van de sigaren die John graag rookte.

Hij was zo'n rokende gangster.

Het huis was stil.

John moet op haar wachten in bed zoals ze hem had gezegd.

Gina liep door de zorgvuldig ingerichte eetkamer, alle moderne meubels en hout in een dieprode tint, en de gang in.

Ze keek de wenteltrap op.

'John,' zei hij spottend. "Ben je klaar of niet?"

Haar hakken klikten van de gepolijste treden toen ze de trap opging.

Toen ze de hal inliep, zag ze Johns slaapkamerdeur openstaan.

Het licht was aan, maar maakte nog steeds geen geluid.

Toen hoorde hij een kraak.

'John?'

De dikke klootzak zat waarschijnlijk op zijn troon in de badkamer.

Gina streek haar haar glad, liet haar halslijn zakken en ging de kamer binnen.

Op dat moment leek alles stil te staan.

Gina's hele lichaam bevroor.

John lag naakt op het bed en staarde naar het plafond. Een plas bloed doorweekte de lakens om hem heen en zijn nek werd doorgesneden.

Gina schreeuwde.

Een donkere gedaante kwam achter de deur vandaan en greep haar, sloeg een arm om haar nek en legde zijn hand voor haar mond.

'Maak geen lawaai of ik snij die van jou ook door,' zei hij.

Gina voelde de koude, scherpe punt van een mes in haar nek.

'Wie ben jij?' kreunde ze.

"Iemand die je niet wilt neuken"

De man kneep haar nek steviger samen met zijn gespierde onderarm.

'Wat doe jij hier?'

'Ik kwam om John te zien.'

'Waarvoor?'

'Hij vroeg me om het te doen.

'Waarom?' vroeg de man.

"Gewoon om het te zien."

Hij verpletterde Gina's luchtpijp met zijn arm en liet hem stikken.

'Waarom?' Schreeuw.

'Om seks te hebben,' stamelde Gina.

Ze begon te hoesten toen de man de druk om haar nek verlichtte.

'Ben je een prostituee?' hij zei.

'Niet!'

'Nou en?'

'Een metgezel'.

'Het is hetzelfde,' zei de man.

Gina zei niets, te bang dat de man haar nek zou breken of neersteken als ze hem tegensprak.

"Het lijkt erop dat we een probleem hebben", zei hij.

Hij keerde zich naar Johns levenloze lichaam en hield Gina stevig tussen zijn arm en borst vast.

Gina had het gevoel dat ze ziek zou worden als ze zoveel bloed zou zien.

'Nu ben je getuige van een moord.'

'Alsjeblieft,' smeekte Gina.

'Ik vertel het aan niemand. Laat me gewoon gaan.'

Hoofdstuk III

Een angstaanjagende lach kwam van de man.

'Ik weet zeker dat je begrijpt dat het niet zo gemakkelijk zal zijn.'

Angst schoot door Gina's lichaam.

Hij voelde warme urine langs de binnenkant van zijn benen druppelen.

Ze wilde niet dood vanavond.

De man greep haar arm met zijn leren gehandschoende hand en leidde haar naar de badkamer.

Hij sloot de deur achter zich en draaide zich naar haar om.

Gina stapte achteruit in een hoek toen ze zijn gezicht zag.

Ze had niet verwacht dat het een van de mooiste gezichten zou zijn die ze ooit had gezien, maar het was het diepe litteken dat over zijn wang liep dat haar het meest verbaasde.

En zijn lichaam leek gemaakt om te doden, met de schouders van een bokskampioen en hij kon een nek doormidden breken.

Hij was een monster.

Hij bekeek haar van top tot teen met harde blauwe ogen.

'Wie weet dat je hier bent?'

'Niemand! Alsjeblieft, kun je me laten gaan en wegrennen. Ik verzeker je dat ik het de politie niet zal vertellen.'

Hij naderde haar met een langzame, roofzuchtige stap.

'Daar is het te laat voor. Je hebt mijn gezicht al gezien.'

'Ik beloof dat ik het niet zal zeggen. Alsjeblieft, het kan mij of John niet schelen, ik wil gewoon naar huis. Ik wil niet sterven. "Gina barstte in tranen uit.

De man legde een gehandschoende hand op haar blote schouder en naderde dreigend haar gezicht.

Gina voelde de warme lucht uit haar neus haar wangen raken.

"Nu, nu, nu," spinde hij. 'Waarom dat mooie gezicht verpesten?'

Hij streek met een lange vinger over Gina's betraande wang.

Gina's hele lichaam veranderde in ijs toen ze zijn aanraking voelde.

De aantrekkingskracht die ze voelde voor het lichaam van deze man en de angst om tegen de muur gedrukt te worden door iemand waarvan ze wist dat ze haar gemakkelijk zou kunnen doden, waren volkomen tegenstrijdig.

Hij boog zich naar haar toe en streek met zijn ruwe tong over haar gezicht, waardoor ze een rilling door haar huid voelde gaan.

Ze had niet verwacht wat er zou komen.

De gehandschoende hand van de man gleed onder haar rok, zijn lange vingers tastten naar haar ontblote lippen.

'Stout meisje,' zei hij bij haar onverwachte ontdekking.

"Alsjeblieft... oh"

De man had zijn handschoen uitgetrokken en er zat nu een lange, vlezige vinger in haar.

Hij vond Gina's klitje glad en masseerde het, waardoor er een warmte door haar heen verspreidde.

Tegelijkertijd streek hij met zijn tong over de stevige contouren van Gina's nek.

Gina draaide zich om en zag haar spiegelbeeld in de spiegel boven de gootsteen.

En hij zag ook dit grote vreemde dier als een vampier in zijn nek wegzakken, het mes van het mes in zijn vrije hand knipperend in het halogeenlicht als waarschuwing.

Ze durfde niet te bewegen uit angst dat hij zijn scherpe punt op haar zou gebruiken.

De man trok zich terug en keek over haar lichaam.

Er was een diepe opwinding in hen, alsof hij hun naakte lichamen door hun kleren heen kon zien.

Hij duwde haar tas van haar schouder en liet hem op de grond vallen terwijl een tube lippenstift en rood slipje op de tegels viel.

Hij greep een van haar borsten door haar nauwsluitende vest en kneep er zachtjes in, en ging toen met zijn vinger over haar tepel toen die stevig stond.

Het was stopverf in haar handen.

"Wat doe je met mij?" Zij vroeg.

'Omdat we alleen zijn en de ruimte alleen voor ons hebben, zal ik je geven wat die vent daar je nooit heeft gegeven.'

Oh god, dacht Gina. Niet dat.

De man voelde haar angst en glimlachte.

'Maak je geen zorgen. Zodra je mij in je poesje ervaart, zul je blij zijn dat die ander dood is.

De man had gelijk dat ze alleen waren.

Zonder buren in de buurt zou elke roep om hulp tot mislukte resultaten leiden.

Als... als ze ermee instemde, deed wat de man zei, kon ze het huis levend verlaten.

Welke andere optie had ze om het beste rollenspel van haar leven te spelen met alle andere kansen tegen haar?

Dus nam hij een besluit.

Ze zou het beste werk van haar leven doen.

En toen het mislukte, had ze een back-upplan.

'Doe dat uit,' gromde de man en knikte naar zijn vest.

Gina deed wat hij zei.

Terwijl het vest over haar hoofd gleed, schudde ze haar haar en richtte haar ogen op zijn lichaam.

'Ik wil dat jij je ook uitkleedt,' zei hij.

De man lachte spottend.

'Je gaat me niet vertellen wat ik moet doen. En ik ben niet zo dom als je denkt Gooi het naar beneden. 'Hij knikte naar Gina's rok.

Ze knoopte haar rok los, liet hem over haar benen vallen en schopte hem toen met haar hiel.

Ze stond voor hem op hakken en een beha, haar lippen geschoren en blootgesteld aan de koele lucht van de badkamer.

Ze hief haar blauwe ogen met mascara op naar de doordringende blik van haar ontvoerder.

'Wat schattig en lief,' zei hij terwijl hij lucht door zijn neusgaten zoog. 'Keer om.'

Gina draaide zich om en keek naar de tegelmuur.

Door de weerspiegeling heen zag ze de man voorover buigen en haar kruis strelen terwijl hij haar kont bestudeerde.

De grote bobbel die hij uit zijn broek zag steken, liet haar weten dat hij goed uitgerust was.

Hij liet haar voorover buigen, greep haar heupen en bracht zijn kruis naar haar toe.

De harde, dikke bult werd nu tegen de spleet van haar billen gedrukt.

Zijn blote hand raakte haar kont aan en hij duwde haar naar voren, het mes nog steeds stevig in de andere.

Gina keek naar hem terwijl hij het op het aanrecht naast de gootsteen zette en zijn broek begon los te knopen.

Ze staarde naar het mes en vocht tegen de neiging om het te pakken.

Maar ze wist dat ze niet zo dom kon zijn; Met haar grootte zou de man binnen enkele seconden haar kleine 1,80 meter lange lichaam domineren. Toch was het verleidelijk... heel verleidelijk.

Zijn zwarte broek viel op de grond en onthulde een paar zwarte boxers op enorme, gespierde dijen.

Zijn erectie reikte tot aan de zoom, gezwollen en enorm.

Gina slikte de snik in die bijna uit haar mond kwam.

Hoe moest hij hier allemaal in verzeild raken?

De grote lul was uitgerekt tegen de strakke stof van zijn boxershort en wilde eruit.

Toen de man hem liet zakken, viel de grote paarse kop op Gina's wangen.

De ledemaat, dik en geaderd, was minstens tien centimeter lang.

De moordenaar was een seksuele hunk.

Hij greep haar heup met zijn nog steeds gehandschoende hand en nam zijn pik met de andere en leidde hem naar Gina's schaamlippen.

Toen ze de warme, zachte pik tussen haar lippen voelde, snakte Gina naar lucht.

En toen hij haar naar binnen duwde, begaven haar knieën het bijna.

De penis werd brutaal diep en kloppend van opwinding in haar hete, vochtige vagina geduwd.

Het trof een gebied in Gina waar nog nooit was gepenetreerd en haar verraderlijke clitoris begon te pompen van opwinding, vocht verzamelde zich op haar lippen en muren om recht te doen aan deze opwindende nieuwkomer.

De man begon te duwen, zijn sterke heupen waren in staat om de hardheid van Gina's binnenmuren met buitengewone snelheid te forceren.

Het voelde geweldig.

Ze greep de rand van de kaptafel toen hij haar natte schaamlippen penetreerde en zijn ballen tegen haar sloegen.

Hij trok de andere handschoen uit en zijn grote, verrassend zachte handen gleden over haar rug en maakte haar beha los.

Het viel op de tegelvloer en liet haar borsten los.

Nu droeg ze alleen haar hakken toen het enorme dier haar van achteren sloeg.

Gina voelde hem terugtrekken en haar kutje kreeg een moment van opluchting.

Maar het duurde niet lang voordat zijn pik weer in haar was, dit keer tegen haar kont.

De massieve lul van de moordenaar ging de strakke plooien van Gina's anus binnen en stuurde een scherpe pijn door haar heen.

Even dacht hij dat hij de pijn niet aankon, zijn spieren spanden zich om dit vreemde lichaam naar buiten te drijven, maar toen ontspanden ze zich toen de pijn in genot veranderde.

Gina had eerder anale seks gehad, maar niet van een fallus zo groot als deze.

Het plezier dat haar nu overspoelde was anders dan alles wat ze ooit eerder had gevoeld.

Ze moest onthouden waar ze was.

In John's huis wordt hij geneukt door een man die hem net heeft vermoord.

John's dode en toch al wat koude lijk lag een paar meter verderop in de andere kamer als een verschrikkelijk portret van zijn vroegere zelf.

Gina wist dat ze dit beeld nooit uit haar hoofd zou wissen, hoezeer ze het ook verachtte.

En het zou de haat die ze voor hem voelde uitwissen als hij er levend mee terug kon komen en haar nu kon helpen.

Maar er is iets vreemds aan wat er gebeurt als je wordt geconfronteerd met een doodsbedreiging en Gina zag het voor het eerst in die badkamer waar ze nu werd vastgehouden.

Een instinct neemt het zo oorspronkelijk over dat het niet langer als een dierlijk instinct wordt ervaren.

En je weet dat je alles zult doen om te overleven.

Hoofdstuk IV

De man sloeg zijn kont met woedende slagen, speeksel liep uit zijn mond, zijn mooie gezicht was rood en opgewonden.

De lage, keelgeluiden die hij maakte, vertelden Gina dat hij op het punt stond te komen.

Ze greep de rand van de toonbank.

De vingertoppen werden wit terwijl hij vasthield.

"Shit," kreunde de man.

'Ik zal rennen'.

En dat deed hij en een zware zucht kwam uit zijn mond, hij sloot zijn ogen en boog zijn hoofd ...

En Gina greep haar kans.

Hij liet de toonbank vallen en pakte het mes.

Met een blinde en krachtige beweging van zijn arm duwde hij hem in de keel van zijn dader.

Ze sprong op en drukte haar rug tegen de muur, de koude tegels tegen haar bezwete rug.

Met grote ogen van angst en bezorgdheid, zag Gina dat de man in een statische positie stond en stikte terwijl zijn grote ogen haar aanstaarden.

Het mes stak uit zijn dikke, glanzende keel en donkerrood bloed sijpelde langs de kraag van zijn zwarte mantel.

Zijn staart was nog steeds rechtop, een glanzend spoor van sperma bungelde aan de punt.

Zijn versufte ogen bleven op Ginas gericht toen haar mond haperde en het bloed op haar onderlip stroomde.

Hij slaagde erin het woord 'bitch' te gorgelen voordat hij achteruitbrak en tegen de deur knalde.

Gina staarde hem even aan, haar borst ging op en neer voordat ze een gekke lach begon te geven. Zijn plan was gelukt.

Eerste keer. Ze had hem in de spiegel zijn ogen zien sluiten terwijl hij klaarkwam, en ze genoot van het feit dat hij de aanval zoveel gemakkelijker had gemaakt.

Ze pakte haar kleren en kleedde zich snel aan, deze keer trok ze haar slipje weer aan.

Ze reikte naar haar tas en schopte haar aanvaller met de scherpe punt van haar hiel. Toen spuugde ze in zijn gezicht.

"Dat komt omdat je me een hoer noemt, klootzak!"

Hij duwde zijn lichaam naar achteren zodat hij de deur kon openen.

De achterkant van zijn schedel raakte met een plof het tapijt toen hij de deur opendeed.

Ze liep op haar tenen over het met bloed doordrenkte lichaam en ging de slaapkamer binnen.

Ze keek naar Johns lichaam op het bed.

Bloed op de vloer.

Bloed op het bed.

Dood waar hij ook keek.

Het was te veel.

Gina rende de kamer uit en de wenteltrap af, zo snel als haar hielen haar konden dragen. Paarse driehoeken bevlekten de grond toen ze langskwam.

Onder aan de trap stopte ze, veegde haar tranen weg en controleerde haar gedachten.

Die levensstijl had alles voor haar verpest.

Hij had haar ellendig gemaakt en cynisch over mannen.

Hij had zijn moraal gereorganiseerd.

En die dikke dode klootzak was een van de ergste met zijn corrupte manieren en vuile fantasieën.

Hij was een rolmodel in de samenleving, maar hij verspreidde en besmette alles wat hij aanraakte met zijn corrupte manieren.

Inclusief hen.

Het had van hem iets gemaakt wat zij niet was.

En nu had hij haar in een moordenaar veranderd.

Ze had een moord gepleegd uit zelfverdediging en de stront in een plas bloed verdiende alles wat haar was overkomen.

Maar ze wist dat ze het nooit zou vergeten.

Hoe hij haar had mishandeld alsof ze niets meer was dan een smerige hoer, en hoe zijn lichaam haar had verraden door met plezier te reageren op de aanraking van zijn smerige en moorddadige handen.

Hoeveel andere meisjeslevens moeten deze twee hebben geruïneerd?

En hoeveel bleven deze meisjes lijden?

Ik zal niet meer lijden, dacht Gina.

Hij rende de trap op en de slaapkamer in.

De aanblik van de twee lijken deed haar overgeven, maar ze slikte de misselijkheid met één elleboog in en ging naar bed.

Johns gezicht was een masker van afschuw, zijn mond zwart en wijd als een vis, zijn ogen bevroren van angst.

Gina wendde haar blik af en zocht naar de gouden armband om haar dikke pols.

Er was een dun rechthoekig medaillon dat de ketting op zijn plaats hield.

Ze opende het en las het nummer erin: 47689.

Ze herhaalde het nummer in haar hoofd als een mantra, sloot het medaillon en stak haar hand in haar zak.

Hij pakte een zakdoek en veegde de vingerafdrukken van het medaillon.

Hij wierp John nog een laatste minachtende blik toe voordat hij zich omdraaide en de trap af rende.

Hij rende door de gang tot hij bij Johns studeerkamer was en deed de deur open.

Hij speurde de kamer af tot zijn ogen vielen op waar hij voor kwam.

Jan is veilig.

Hij had opgeschept over de inhoud tijdens een van Gina's bezoeken en zij had gevraagd wat erin zat.

'Mooie sieraden,' zei hij met een arrogante glimlach.

'Het is meer waard dan dit hele huis.'

Toen tikte hij op de ketting om zijn pols en legde zijn vinger op zijn lippen.

"Sst".

Gina ging naar de kluis aan de muur en koos de combinatie.

De kluis klikte om aan te geven dat deze geopend kon worden.

Ze opende de stalen deur en keek naar binnen.

Op een stapel bruine enveloppen lag een fluweelachtig rood juwelendoosje.

Gina voelde een brok in haar maag.

Ze opende het en vond de meest ongelooflijke diamanten halsketting die ze ooit had gezien. Haar prachtig bewerkte stenen schitterden met een filmisch effect.

'Het is meer waard dan dit hele huis,' fluisterde ze tegen zichzelf.

Genoeg om al je schulden af te betalen en nog wat.

Haar hart klopte in haar borst, ze sloot het deksel en stopte het juwelendoosje in haar zak.

Toen sloot ze de kluis en wreef de zakdoek over eventuele vingerafdrukken.

Ze haastte zich de studeerkamer uit en de gang door naar de voordeur, controlerend of haar hielen geen belastende sporen op haar glanzende planken hadden achtergelaten.

Niet van jou.

Ze deed de deur van het huis open.

De koele, zachte lucht raakte haar wangen terwijl ze de nacht in dreef en het gewicht van de aanwezigheid in huis viel onmiddellijk van haar schouders.

Eindelijk vrij, rende ze de grindoprit af, sprong in haar auto en gooide haar tas op de passagiersstoel.

Ze liet haar hoofd op het stuur vallen en slaakte een lage, hese kreet.

Uitgeput en uitgeput reikte ze in haar zak en haalde haar mobiele telefoon eruit.

Ze belde 911.

"Politie alstublieft, ik heb net een man vermoord."

EINDE

71